Sabedoria Alimentar

A DIETA DOS DITADOS

BRUNO CASOTTI
pesquisa e organização

Sabedoria Alimentar

A DIETA DOS DITADOS

EDITORA RECORD
RIO DE JANEIRO • SÃO PAULO
2006

CIP-BRASIL. CATALOGAÇÃO-NA-FONTE
SINDICATO NACIONAL DOS EDITORES DE LIVROS, RJ

S119 Sabedoria alimentar: a dieta dos ditados/[organização] Bruno Casotti. – Rio de Janeiro: Record, 2006
ISBN 85-01-07417-9

1. Alimentos – Citações, máximas, etc. 2. Provérbios. I. Casotti, Bruno. II. Título: A dieta dos ditados.

06-3317. CDD 398.9
CDU 398.9

Projeto gráfico: Carmen Torras / Gabinete de Artes
Ilustrações: Axel Sande

EDITORA RECORD LTDA.
Rua Argentina 171 - 20921-380 - Rio de Janeiro, RJ - Tel.: 2585-2000

Impresso no Brasil
ISBN 85-01-07417-9
PEDIDOS PELO REEMBOLSO POSTAL
Caixa Postal 23.052 - Rio de Janeiro, RJ - 20922-970

Impresso no Brasil 2006

Aos queridos sobrinhos
Antonio e Ricardo

Sabedoria Alimentar

No mundo dos ditados populares, este é um dos campos mais saborosos. *Sabedoria alimentar* é um passeio divertido pela relação entre o ser humano e a comida. Um caldeirão de cultura popular brasileira, mas com pitadas de herança portuguesa e paladar universal. Há ensinamentos sobre as peculiaridades dos alimentos, sobre como lidar com eles, além de associações impagáveis entre comida e comportamento humano. Muitos são, de fato, lições de educação alimentar. Outros, porém, são pura brincadeira com situações da vida.

Sabedoria alimentar reúne ensinamentos quase sempre bem-humorados agrupados de modo a formar uma longa refeição, ou uma bizarra experiência gastronômica. Primeiro as frutas, depois o pão, o leite, as carnes, os doces e assim por diante. As bebidas, diga-se de passagem, são rica fonte de inspiração. Durante a leitura, a temática se abstrai, chegando a lições que remetem ao hábito de comer e ainda a panela, mesa, barriga, boca, fome e fastio. A dieta dos ditados é original, diversificada e deliciosa.

As Frutas

“

Frutos e amores, os primeiros são sempre os melhores.

O fruto nunca cai longe da árvore.

Pelo fruto se conhece a árvore.

A mesma árvore dá frutos doces e azedos.

Árvore de boa fruta, árvore apedrejada.

De boa semente, bom fruto.

Em agosto toda fruta tem gosto.

A fruta proibida é a mais apetecida.

A vingança é doce, mas seus frutos são amargos.

Ao homem farto, qualquer fruta amarga.

O trabalho é amargoso, mas dele o fruto é gostoso.

É melhor verde no meu papo do que maduro no papo do gato.

Quem come as duras, come as maduras.

Maldito dente que come a semente.

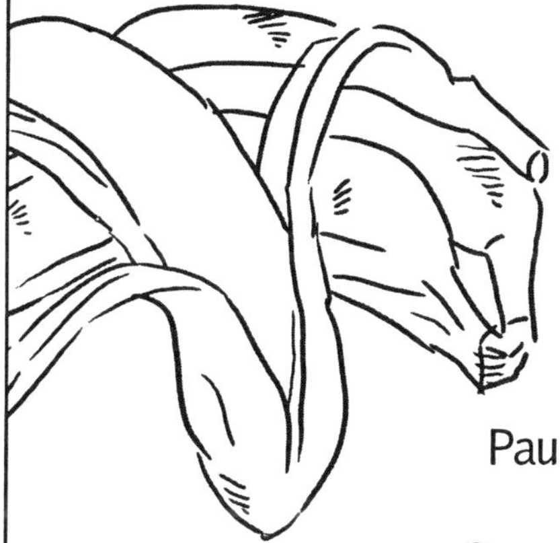

Banana madura não fica no cacho.

Bananeira só dá banana.

Velho é bananeira que já deu cacho.

Pau de goiabeira enverga mas não quebra.

Quando a barriga está cheia, toda goiaba tem bicho.

Goiaba na beira da estrada ou é verde ou está bichada.

Não se pode exigir que a goiabeira dê laranja.

Laranja madura, na beira da estrada,
ou é azeda ou está bichada.

Laranja de manhã é ouro, à tarde é prata e à noite, mata.

Não há carne sem osso nem laranja sem caroço.

Da laranja e da mulher, o que ela der.

Mulher e laranja em todo lugar se arranja.

Com flor de laranja, tudo se arranja.

Não se colhe laranja doce em limoeiro.

Quem muito escolhe pega abacaxi.

Se a jabuticaba é pouca, a gente engole o caroço.

Se for pra morrer de batida, que seja de limão.

Se a vida lhe deu um limão, faça uma limonada.

Se a vida lhe deu um limão, faça uma caipirinha.

O vinagre e o limão são meio cirurgião.

Muita parra, pouca uva.

Com os raios da lua amadurecem as uvas.

Olhar para a uva não mata a sede.

Em fevereiro, chuva; em agosto, uva.

Garapa dada nunca é azeda.

Quando a raposa se zanga com a vinha, muitas uvas se poupam.

Uvas, figo e melão, é sustento de nutrição.

Caia a faca no melão, ou o melão na faca, o melão sofre.

O melão e a mulher se conhece pelo rabo.

Melancia grande e mulher muito boa, ninguém come sozinho.

Quando a carroça anda é que as melancias se ajeitam.

Mel a peso, melancia a olho.

Jerimum se guarda, mas melancia apodrece.

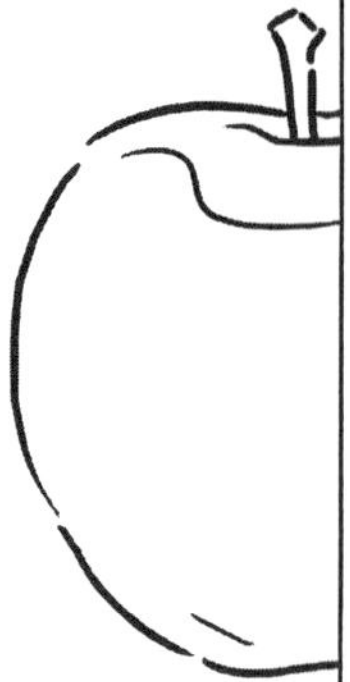

Uma maçã podre no cesto apodrece todas as outras.

Uma maçã por dia faz uma vida sadia.

Em tempo de figos, muitos amigos.

Ano de muitas ameixas, ano de muitas queixas.

Quem primeiro se queixa é quem tirou a ameixa.

Mais vale uma pitomba na mão do que cem no pé.

Pobre só levanta a cabeça quando quer comer pitomba.

Não se pode assoviar e chupar cana ao mesmo tempo.

Ninguém toca flauta e chupa cana ao mesmo tempo.

Chegou ao Pará, parou; tomou açaí, ficou.

Castanhas do Maranhão, a escolher se vão.

São mais as vozes que as nozes.

Pancada de vara não faz caju ficar maduro.

Cajueiro doce é que leva pedrada.

Quanto maior o coqueiro, maior o tombo do coco.

Coco velho é que dá azeite.

Besta é coco, que dá leite sem ter peito.

“O Leite, o Mingau...

Por cima do leite, não há fruta que deleite.

Ama gorda, pouco leite.

Não adianta chorar sobre o leite derramado.

Não se tira leite de pedra.

O que no leite se mama, na mortalha se derrama.

Quem a um ano andou e aos dois falou, bom leite mamou.

Quem não chora não mama.

Quem mama não grita.

É, Bebé? Mamar na gata você não quer.

Mingau quente se come pelas beiradas.

Araruta também tem o seu dia de mingau.

Princípio de angu é mingau.

Cabrito de um mês, queijo de três.

Pão, pão, queijo, queijo.

“ ”

O Pão

Só se assa o pão quando o forno está quente.

Pão quente, muito na mão pouco no ventre.

Tem gente que não dá pão quente.

Em casa onde se ganha o pão não se come a carne.

Em casa onde falta pão todos brigam e ninguém tem razão.

Casa onde não tem pão não tem paz.

Mesa sem pão é mesa de vilão.

Do fidalgo, a mão, e do vilão, o pão.

Melhor um pão com Deus do que dois com o diabo.

O pão de amanhã a Deus pertence.

Bem estou com meu amigo, que come seu pão comigo.

Lágrimas com pão ligeiras são.

Dinheiro compra pão mas não compra gratidão.

Quem castiga dá o pão.

Quem quer o filho ladrão, que lhe tire o pão.

Não tire o pão da boca do cão.

Não crie cão se te falta pão.

Não pode o filho de Adão sem trabalho comer pão.

Do pão de nosso compadre, grande fatia para nosso afilhado.

Quem rouba um pão é ladrão, quem rouba um milhão é barão.

A mesma faca corta o pão e o dedo.

Farinha ruim não dá bom pão.

Beleza e formosura não dão pão nem fartura.

Por fora bela viola, por dentro pão bolorento.

Em outubro, seja prudente: guarde o pão e guarde a semente.

Muito pão ou pouco pão, as colheitas o dirão.

Cada um planta o que colhe.

Ninguém prometa mais manteiga do que pão.

Cada um sabe de que lado seu pão tem a manteiga.

Pão de pobre cai sempre com a manteiga pra baixo.

Nunca diga "desta água não beberei, deste pão não comerei".

Come pão, bebe água e viverás sem mágoas.

Água e pão, comida de cão.

Água gelada e pão quente, bem na boca e mal no ventre.

Migalha também é pão.

Pra fome não há pão duro.

Pra pão de quinze dias, fome de três semanas.

”

Pão e vinho levam o homem ao caminho.

Nem só de pão vive o homem.

Sem farinha não há pão.

Farinha, Milho, Fubá...

De saco de carvão, farinha branca não sai, não.

Quem não tem farinha não precisa de peneira.

À falta de farinha, crueira serve.

É tudo farinha do mesmo saco.

Duas pedras ásperas não fazem farinha.

Gente, ou é angu ou é farinha.

Quando você vai com a farinha, eu já estou de volta com a farofa.

Farinha pouca, meu pirão primeiro.

Água fria não escalda pirão.

Quem come do meu pirão, apanha do meu cinturão.

Beiju de massa em todo lugar se acha.

O primeiro milho é dos pombos.

Soque o milho, mas não fure o seu pilão.

Pela palha se conhece a espiga.

Mede-se a água conforme o fubá que se tem.

Enquanto você vinha com o fubá, minha broa já estava pronta.

Homem não é pipoca, mas dá seus pulinhos.

Mulher e pipoca, é só dar uns pulinhos que logo cai na boca do povo.

Mulher é como pizza, só é boa fora de casa.

Arroz, Feijão e Cia.

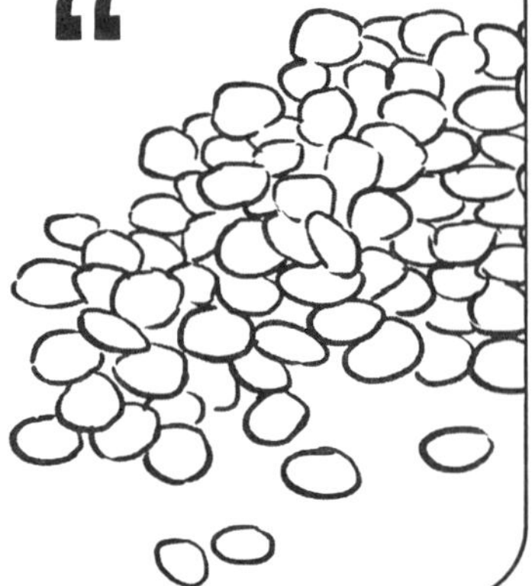

Quem quiser arroz sem sal, vá para o hospital.

Feijão de janeiro não vai ao terreiro.

Feijão e farinha, até com a mão se come.

Ao vencedor, as batatas.

Couve requentada e mulher à casa tornada jamais serão bons.

Ao pé de tomateiros não há mau cozinheiro.

Não pode colher pepinos quem semeia tomates.

É de pequenino que se torce o pepino.

Mulher é como chuchu: quando pula o muro, o vizinho come.

Jerimum com jabá, só amigo é que dá.

Cará, quando a terra é boa, racha.

Dar sal na mão traz miséria.

Pimenta nos olhos dos outros é refresco.

Canudo que teve pimenta guarda o ardume.

Por falta de um alho não se perde o molho.

Alho e pimenta, fastio ausenta.

Não misture alhos com bugalhos.

A vida é como cebola, se descasca chorando.

A verdade é como azeite: mais cedo ou mais tarde vem à tona.

A Carne

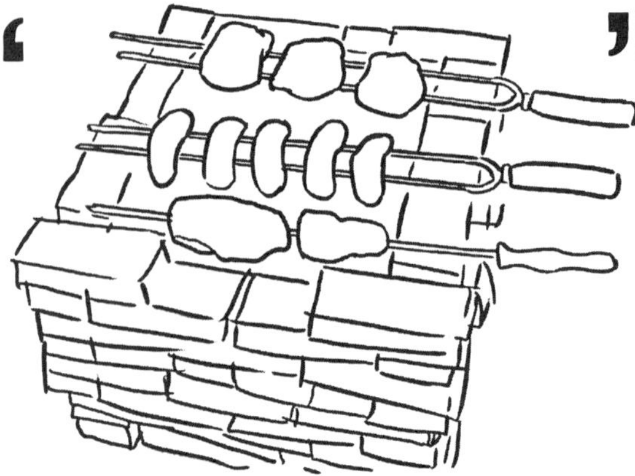

Fumaça não assa carne.

Não há carne sem osso, nem farinha sem caroço.

Mulher é que nem carne, quanto mais se bate, mais macia fica.

Chimarrão sem churrasco é que nem laço sem argola ou relho sem açoiteira.

Comer carne com peixe faz as orelhas crescerem.

Carne e peixe na mesma comida encurtam a vida.

Comigo é na inhanha: um quilo de carne e dois de banha.

Pobre só come carne quando morde a língua.

Se o gato não come o bife, ou o gato não é gato ou o bife não é bife.

Quem comeu a carne, que roa os ossos.

Quem não come da carne, bebe do caldo.

Ou bem se vende o porco, ou se come a lingüiça.

Debaixo desse angu tem torresmo.

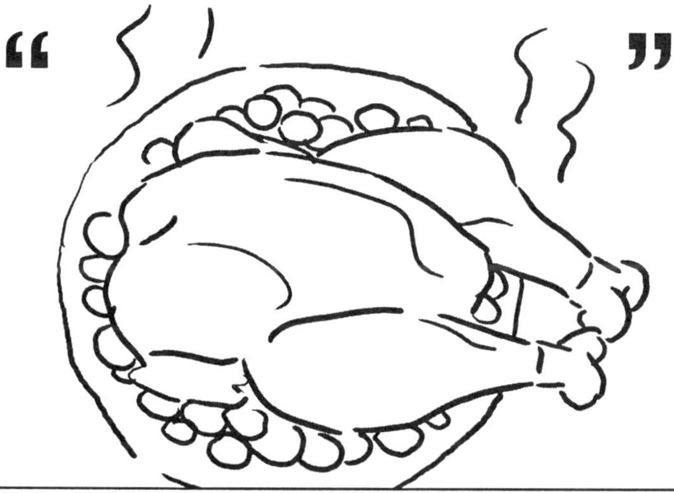

As Aves

Camponesa é a galinha, e vai à mesa da rainha.

Galinha velha é que dá bom caldo.

Galinha velha dá bom caldo, mas franga nova faz galo velho cantar.

Cautela e caldo de galinha nunca fizeram mal a ninguém.

Em tempo de guerra urubu é frango.

Quando pobre come frango um dos dois está doente.

Pobre só engole frango quando joga de goleiro.

Quem morre de véspera é peru de Natal.

Mais vale um tico-tico no prato do que um jacu no mato.

Ovos

Cada ovo comido é um pinto perdido.

Para um ovo é preciso sal e fogo.

Antes ovo hoje mesmo do que galinha amanhã.

No frigir dos ovos é que a manteiga chia.

Ovo gabado, ovo gorado.

Ovo, jura e jejum nasceram para serem quebrados.

Não se faz omelete sem quebrar os ovos.

Não ponha todos os ovos na mesma cesta.

“ ” É Sopa

Da mão à boca se vai a sopa.

Do prato à boca perde-se a sopa.

Quem queimou a língua nunca esquece de soprar a sopa.

Antes da sopa, molha-se a boca.

Sopa fervida alarga a vida.

Muitos cozinheiros estragam a sopa.

Café, mulher e sopa, só quente.

De amigo reconciliado e de caldo requentado, confiar desconfiado.

Toma caldo, vive em alto e
anda quente: viverás longamente.

Caldo que muito ferve, sabor perde.

Caldo sem pão, só no inferno o dão.

O Peixe...

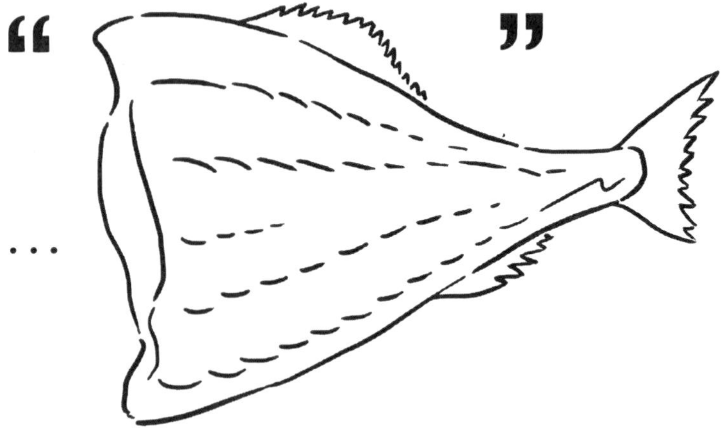

Mentir e comer pescado pedem cuidado.

Pra quem é, bacalhau basta.

Bacalhau quer é alho.

Comer sardinha, arrotar tainha.

Cada um puxa a brasa pra sua sardinha.

Quem quer a sardinha assada, chega-lhe a brasa.

Peixe podre sal não cura.

O hóspede e a pescada, aos três dias enfada.

O peixe deve nadar três vezes: em água, em molho e em vinho.

...e o Vinho

“

Sem vinho nem pão o amor é vão.

Não julgue o vinho pelo barril.

O tonel nunca perde o cheiro do vinho.

Cada cuba cheira ao vinho que tem.

Amigos e tonéis de vinho, tudo acaba.

Vinho e amigo, o mais antigo.

Mel novo, vinho velho.

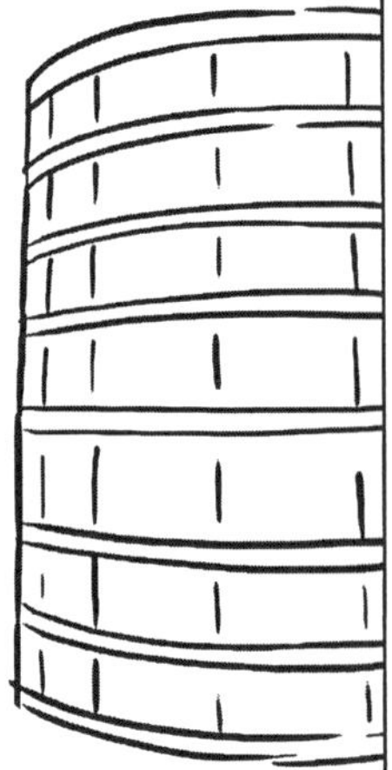

Vinho, mulher e tabaco põem o homem fraco.

A mulher, o jogo e o vinho fazem o homem errar o caminho.

De vinho, jogo e mulher, livre-se o homem que puder.

Com teu vizinho, casarás teus filhos e beberás teu vinho.

Foge do mau vizinho e do excesso de vinho.

O vinho é o leite dos velhos.

O bom vinho alegra o coração do homem.

De bom vinho, bom vinagre.

Quando o vinho desce, as palavras sobem.

Quando o vinho entra, o juízo sai.

Conselho de vinho, falso caminho.

A água apaga o fogo, e o vinho, a razão.

O vinho é o espelho da alma.

No vinho está a verdade.

Alho e vinho puro levam a porto seguro.

Quem bebe vinho, vê Deus no caminho.

Quem bebe muito vinho perde o tino.

O pão pela cor, o vinho pelo sabor.

Azeite de cima, mel do meio e vinho do fundo não enganam o mundo.

Carne de hoje, pão de ontem e vinho de outro verão fazem o homem são.

A Cerveja

“

As três melhores coisas da vida: cerveja gelada, boi na invernada e mulher pelada.

As três piores coisas da vida: cerveja quente, boi doente e mulher da gente.

”

Hora da Sobremesa

“

Com amor e com açúcar, devagar senão machuca.

Quem se faz de açúcar, mela no sereno.

Quer moleza, senta no pudim.

A vida é que nem rapadura. É doce, mas não é mole, não.

Quem tem doce pra dar, fica logo popular.

Pobre só acha a vida doce quando chupa pirulito.

Com balas e bolos se enganam meninos e tolos.

Bolo torto não perde o gosto.

O bolo se prova comendo.

Goiabada sem queijo é que nem abraço sem beijo.

Quem nunca comeu melado, quando come se lambuza.

Não me olhe de banda, que eu não sou quitanda,
nem me olhe de lado, que eu não sou melado.

Mel não é pra boca de jegue.

Quem come fel não pode cuspir mel.

Boca de mel, coração de fel.

Uma gota de mel adoça um mar de fel.

Miguel, Miguel, não tens abelhas e vendes mel.

Quem meu filho beija, minha boca adoça.

Beijo de menina tem vitamina.

Moça bonita deixa o amargo doce.

Mulher é que nem chiclete, quanto mais se mexe, mais dá bola.

Mulher é que nem biscoito, perde-se uma e acha-se oito.

Amizade remendada, café requentado.

“ ” A Danada da Cachaça

Mulher e cachaça em toda parte se acha.

Duas coisas gostosas: cachaça e mulher carinhosa.

Não há mulher sem graça nem festa sem cachaça.

Não existe mulher feia, você é que bebeu pouco.

Mulher feia e fruta azeda, só com muita cana.

Marido de mulher feia é que sustenta botequim.

Cana na fazenda dá pinga, pinga na cidade dá cana.

Cachaça tira o juízo, mas dá coragem.

Quando a cachaça desce, as palavras sobem.

Quando a cachaça chega, a vergonha vai embora.

Boa pinga não carece propaganda.

Tabaco e aguardente transformam os sãos em doentes.

Se pinga fosse fortificante, brasileiro era gigante.

Quem vê a pinga que eu tomo não vê os tombos que eu levo.

Tudo na vida tem seu fim, só não acaba cachaça e cabelo pixaim.

“  ”

A Bebida e seus Efeitos

Quem bebe afoga as mágoas.

Quem muito bebe, tarde paga o que deve.

Jogo e bebida, casa perdida.

A bebida despe o homem de seus disfarces.

Cu de bêbado não tem dono.

O que está na cabeça do sóbrio está na língua do bêbado.

Crianças, tolos e bêbados falam sempre a verdade.

O que fode com o cérebro é bebida barata.

Não se bebe sem ver, nem se assina sem ler.

Beba e morrerás; não beba e morrerás também.

O que havemos de fazer? Descansar e tornar a beber.

O Veneno

Os maiores venenos estão nos menores frascos.

Não há nada tão pequeno que não possa ser veneno.

Bebe a maldade do teu veneno a metade.

A Curativa

Nunca diga desta água não beberei.

A água é a melhor bebida *diet*.

Não suje a água que há de beber.

Quem vai na frente bebe água limpa.

Quem quer água limpa, busca na fonte.

Quem pode beber da fonte, não beba do ribeirão.

Cava-se o poço antes que chegue a sede.

Olhar para a bica não mata a sede.

Bebe da água da tua cisterna e das correntes do teu poço.

Água e conselho só se dá a quem pede.

Não se aquenta água pro chimarrão dos outros.

Moringa velha é que esfria a água.

Quer moleza, vai mastigar água.

Comendo

“  ”

Comer e coçar, é só começar.

Onde comem dois, comem três.

Coma para viver, não viva para comer.

Quando se come não se fala.

Comamos e bebamos, e nunca mais ralhamos.

Come o que tens, e não o que sonhas.

Quem come tudo num dia, no outro assobia.

Duro de cozer, duro de comer.

Guardado está o bocado pra quem o há de comer.

O apressado come cru, e o atrasado não come.

A esperteza sempre come o esperto.

Muito come o tolo, porém mais tolo é quem lhe dá.

Menino farto não é comedor.

Arrenego do amigo que come o seu sozinho e o meu comigo.

Quem come calado não perde bocado.

Quem come quieto come duas vezes.

O mineiro come quieto.

Quem come e guarda, come estragado.

Quem come salgado, bebe dobrado.

Quem come, dorme.

Quem não come, ou comeu ou comerá.

Quem come de graça é preá.

Quem não quer esperar, come carne de preá.

Quem tarde vier, comerá o que trouxer.

Quem fora de hora vier, comerá do que houver.

A fiar e a tecer, ganha a mulher de comer.

Não há festa sem comer.

Não há prazer onde não há o que comer.

Grande prazer não dispensa comer.

Grande saber é não ouvir e comer.

Fidalguia sem comedoria é gaita que não assobia.

Come o vilão e o fidalgo mastiga.

Comer bem e barato, nem no Crato.

Comer só com fome, beber só com sede
e tudo devagar: muito hás de durar.

Na casa deste homem, quem não trabalha não come.

Em casa de caboclo velho, quem não come surucucu não almoça.

Onde se come, ficam migalhas.

Um come, o outro vê comer, aí começa o desentender.

Uns de fome vão morrer, outros de muito comer.

O que é do homem o bicho não come; o que é da mulher o bicho quer.

Passado de mulher e cozinha de restaurante, é melhor não conhecer senão você não come.

João, João, faça o que te mandam, come o que te dão.

Filho alheio, come muito e chora feio.

É como São Martinho: não come nem bebe e está bem gordinho.

Comida boa não sobra.

Comida fina em copos grossos faz mal aos ossos.

Comida gorda, testamento magro.

Quem poupa na cozinha, aumenta na casinha.

Se és velho e comilão, encomenda o teu caixão.

Quem arrota pede bolota.

Hóspede de três dias dá azia.

Para hóspedes, a maior iguaria é a alegria.

Primeiro o bucho, depois o luxo.

Vestir, o que se usa; comer, o que se gosta.

Não meta a colher onde não é chamado.

Quem não arrisca, não pestisca.

Já comi, já bebi, nada mais me prende aqui.

As Refeições

“

Quem ceia e vai se deitar, má noite há de passar.

Quem dorme sem ceia, toda noite devaneia.

Quem dorme sem ceia, toda noite esperneia.

Quem espera de mão alheia, mal janta e pior ceia.

Se mal jantas e pior ceias, minguam-te
as carnes e crescem-te as veias.

É bom jejuar depois de jantar.

É melhor adormecer sem ceia do que acordar com dívida.

Almoço de graça, de algum jeito se paga.

Quem convida dá banquete.

De grandes ceias as sepulturas estão cheias.

Em casa cheia, depressa se faz a ceia.

O Prato

A vingança é um prato que se serve frio.

Não há segundo prato com o gosto do primeiro.

Um olho no gato, o outro no prato.

Não se cospe no prato em que se come.

Nem com tanta fome ao prato, nem com tanta sede ao pote.

À Mesa

Beleza não põe a mesa.

Mesa acabada, companhia desfeita.

Amigo de mesa nem sempre é de firmeza.

Quem chega tarde à mesa só encontra os ossos.

Boa mesa, mau testamento.

Quem à mesa alheia come, janta, ceia e fica com fome.

Quem come e guarda, duas vezes põe a mesa.

“  ”

A Panela

Panela velha é que faz comida boa.

Panela que muitos mexem não toma tempero.

Muitos cozinheiros estragam o molho.

Panela vigiada não ferve.

Panela que muito ferve, o sabor perde.

Deixa o tacho, que a fervura vem de baixo.

De panela que ferve se arredam as moscas.

Mulher de janela não cuida da panela.

Por um talher a mais não se aumenta a panela.

A concha é que sabe o calor da panela.

Sempre cheira a panela ao primeiro legume que se põe nela.

A Barriga

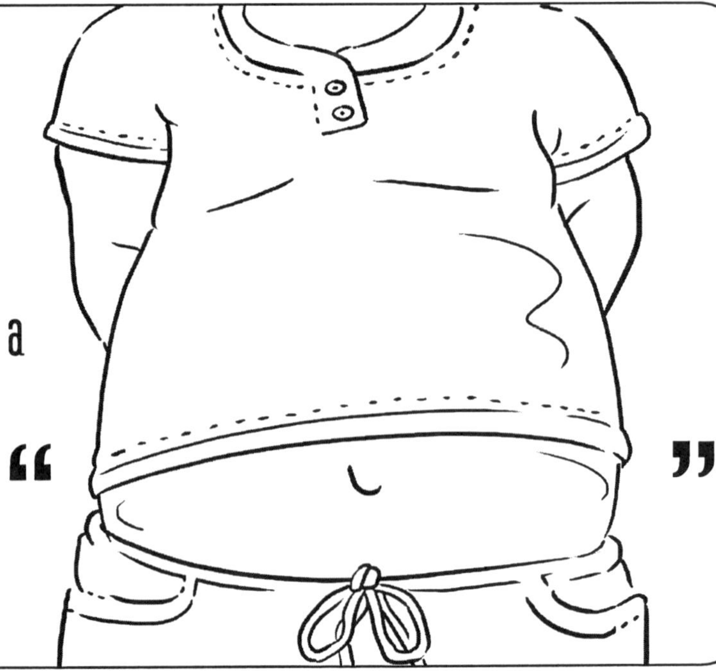

Barriga vazia não tem ouvidos.

Barriga vazia não ouve conselho.

Barriga vazia não conhece alegria.

Barriga cheia não procura letra.

Barriga cheia não busca conhecimento.

Barriga cheia não acredita em fome alheia.

Barriga cheia, pé dormente.

Barriga cheia, pé na areia.

Barriga cheia, companhia desfeita.

Barriga cheia, cara alegre.

Barriga inchada não é fartura.

Palavras não enchem barriga.

Antes morrer de azia do que de barriga vazia.

Antes a feia de barriga cheia do que a bonita que de fome grita.

Pobre só enche a barriga quando morre afogado.

O olho é maior do que a barriga.

Os olhos pedem mais do que a barriga agüenta.

Não há estômago um palmo maior que o outro.

Com a barriga vazia, ninguém sente alegria.

Palavras bonitas não enchem barriga.

Promessa de feijão não enche barriga.

Quando a barriga está cheia, todo feijão tem bicho.

Meio-dia, panela no fogo, barriga vazia.

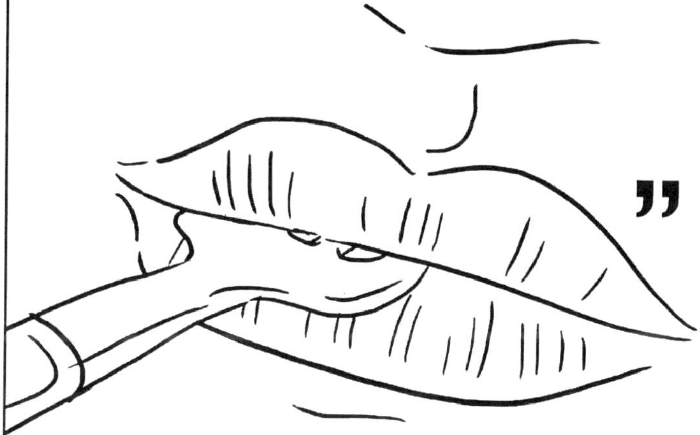

” À Boca

Boca que fala não mastiga.

O coração do tolo está na boca.

O que à boca apetece, o coração deseja.

O peixe e o homem se prendem pela boca.

Beijo não mata a fome mas abre o apetite.

Namoro sem beijo é que nem macarronada sem queijo.

Não mordas mais do que podes mastigar.

Antes de morder vê com atenção se é pedra ou se é pão.

O que é mole logo se engole.

Língua não quebra osso.

Bocado engolido, sabor perdido.

Entre a boca e a mão vai o bocado ao chão.

Fome e Fartura

A fome é o melhor tempero.

A fome é a melhor cozinheira.

A fome alheia me faz querer a ceia.

A fome não espera pelo tempo da fartura.

A fome é má conselheira.

A fome não tem ouvidos.

Pra fome não há pão duro.

Tempero de comida ruim é fome.

Come, come, que teu mal é fome.

Quem tem fome não olha o que come.

Tá com fome? Vai à rua, mata o homem e come.

Quem vive de esperança morre de fome.

Quem guarda com fome, o gato vem e come.

Mata a sede da terra, que ela te matará a fome.

Deixa morrer quem morre, porque quem fica ainda tem fome.

Fome de caçador, sede de pescador.

Homem pobre, depois de comer, tem fome.

Cara feia pra mim é fome.

Não há melhor molho que o apetite.

Que Deus te conserve a vista, porque apetite não te falta.

Quando manda o apetite, a bolsa paga.

Onde governa a razão, o apetite obedece.

O que a alguns aborrece, a outros apetece.

Não há fome sem fartura.

Da abundância vem o fastio.

Da abundância vem o tédio.

Morra, Marta, morra farta.

O farto, de jejum não tem medo algum.

Gordura não é fartura.

As coisas boas da vida ou são pecado ou engordam.

O que não mata, engorda.

Saco cheio não verga.

Saco vazio não pára em pé.

O Gosto

“

O que é de gosto regala a vida.

De amarga já basta a vida.

O que é doce nunca amargou.

Pra gosto estragado, o doce é amargo.

Não sabe o que é doce quem nunca provou do amargo.

Gosto é pra quem pode, não pra quem quer.

Não há gosto sem desgosto.

Não há gosto que não custe.

Gosto não se discute.

Tem gosto pra tudo.